雨蛙

鈴木すぐる句集

Suzuki Suguru

ふらんす堂

目次

句集
雨蛙

句碑除幕

二〇〇九年

五十八句

新玉の年の虹立つ琵琶湖かな

妻と来て鹿煎餅を買初めに

高々と結ぶや吉の初みくじ

大寒の薄日震はす護摩太鼓

冬深し天水桶の箍の錆

合流の水の打ちあふ雪解川

涅槃西風うどん屋の旗寺の旗

そこはかと残る寒さや茂吉の忌

落椿発止と生まる水ゑくぼ

揺れながら甍をのぼる春の月

花人となりて歩幅も自づから

きざはしの僧とひと言仏生会

句仲間と桜を仰ぐ虚子忌かな

茅葺の古民家梅雨の煙吐く

遠くにも鳴くや頭上のほととぎす

数へつつ階を登る子夏帽子

滴りや苔を着給ふ水の神

入口に風の集まる風鈴屋

整然と石灯籠や蟬しぐれ

まどかなる月上りたる終戦日

玉砂利を洗ひ掃苔終りけり

踊の輪ふくれきつたる四角かな

閼伽桶の底の触れ行く赤のまま

六尺の玉垣を垂れ萩の花

鬼の子の遊びの糸をつと伸ばす

亀の浮く池畔を巡り月を待つ

夕映えを湖に残して月上る

授業終へ来たる教師も月の友

眼裏の痛くなるほど曼珠沙華

雨粒のつぶらな光り草の花

深見けん二先生の句碑除幕　三句

爽やかな顔の揃ひぬ句碑除幕

朗々と除幕の経や秋気澄む

秋高し除幕の姉妹位置につく

舫ひ舟揺れて水澄む船溜

喜べば酔ひも早かり新走り

ざつくりと畦に鍬入れ落し水

日向には紅葉日蔭の実むらさき

師の句碑にいま差し掛かる後の月

またここに二夜の月を五六人

むらさきの幕に風来る菊花展

刈進む空を揺すりて蘆刈女

鎌倉のとある屋敷の蔦紅葉

こつこつと老いの仕上げし冬構

添木して御苑の松の冬構

池の面の光となりて枯真菰

神迎鈴の音かろき巫女の舞

みづうみの水際に鴨の一並び

胸元の光をたぐり鴨泳ぐ

松影を置く菖蒲田の初氷

日当たりて冬木の瘤の大いなる

冬木の芽何やら親し去来塚

参道の桜の冬木影連ね

水影の折れて鋭き枯蓮

記念樹の冬芽膨らむけん二句碑

忽ちに犬遠ざかる枯野かな

木の影のときに鳥影冬の池

水洟や競馬新聞握りしめ

年の鐘身ぬちに沁みる寅彦忌

梅雨明け

二〇一〇年

五十句

高麗郡日差しの中の若菜摘

走り根の隆々として大地凍つ

寒木瓜の花の込み合ふ細枝かな

身をかばふ一つに寒の蜆汁

特大の豆腐を密に針祀る
晴れ渡る空へご詠歌針供養

雲水の身を立て直す余寒かな

地虫出づしろがね長者の館跡

お手綱の鈴りんりんと御開帳

泰地誕生　二句

初孫や確かと抱きとめ暖かし

春灯やさくらいろなる赤ん坊

たかむらのそよぎに解け春の雲

心音の速さの木魚春の昼

山門の影の中なる花御堂

咲き満つる虚子忌の桜仰ぎけり

菖蒲湯や確と受け取る赤ん坊

体当たり薔薇をぐらりと熊ん蜂

垂れこめる雲押し上げて雨蛙

引き潮や鵜は大川を遡り

蜻蛉生る跨げるほどの用水路

千両も万両も花掲げたる

梅雨明けの天よりジェットコースター

いくたびも苔を潜りて滴れり

滴りや空覆ひたる鞍馬杉

夕立や杉をけぶらす奥比叡

石清水湧くや大師の得度跡

ときをりの涼風恃み行者径

杉の秀に月の涼しき法の山

夏の月堂塔暗き杉木立

虫喰ひの柱に西日芭蕉庵

鴨川に呑まれず蛇の泳ぎ切る

灯の入りて四条河原の床涼み

楓より涼しき風の生れけり

南無法然開眼堂のけらつつき

かまつかや畑の中の一軒家

新涼や星を見に行く峠茶屋

どの道をゆくも秋澄む平林寺

隅田川橋を重ねて秋澄めり

その中に男がひとり十三夜

戎講枡に財布を積み重ね

もみづるや園の要の大桜

山門の銀杏黄葉を振り仰ぐ

拝殿に米こぼれをり神の留守

混み合うてお鷹の道の小春かな

重ねあふ枝に日の漏れ冬紅葉

輝けるしぶきに動く鴨の影

風呂吹きや父母は生涯農に生き

仁王像けむりに巻いて落葉焚

霜の夜の心音を聴く枕かな

歳晩の満月ビルの狭間より

雛あられ

二〇一一年

五十七句

薺打つ遊びごころの音違へ

寒鯉の影のかすかな尾の動き

朝日さす無人駅舎の雪だるま

三十槌の氷柱のこぼす光かな

拭き終へし句碑は鏡に竜の玉

折れ曲がる幹の影踏み梅探る

立子忌や手窪に享ける雛あられ

水温む葉屑枝屑漂ひて

敷藁を踏むや浸みだす春の泥

はじめての真白き靴や青き踏む

地にすみれ天にさくらの師弟句碑

武家屋敷跡の木洩れ日羊歯若葉

神木の風をもらひて鯉のぼり
労はられゐて父の日のこそばゆし

高々と蜂飛ぶ泰山木の花

雪乗せしごとく撓みて山法師

花樗その天辺は空のいろ

あぢさゐの毬石仏の背に肩に

白南風や六道山に雲が浮き

滾々と太古の音の泉かな

桂郎の句碑へたつぷり冷し酒

川遊び魚籠ぶちまけて終りけり

静けさに立つ睡蓮の花明り

星飛ぶや空広々と我が故郷

八十歳の兄は早起き稲の花

吾一語その後の無言夜の長し

川堤月の芒を抱へ来る

朝露や田を見回りてずぶ濡れに

子規庵の子規の目線に糸瓜棚

秋すだれ吊つて谷中の裏通り

着水の光を引いて鴨来る

川沿ひも庭の内なり曼珠沙華

親切正直掲ぐる学び舎小鳥来る

鵙晴や行く手に確かと津軽富士

神杉の火柱となり蔦紅葉

みちのくの旅の途中の十三夜

産土神を囲みて熟るる林檎畑

裏窓にけらの来てゐる湯宿かな

稲架襖より現るる五能線

藁を焼くけむりの及ぶ晩稲刈

山毛欅林抜け来し水の青く澄む

水澄むや池を彩る橅・桂

杜深く鹿鳴く常陸一宮

手を翳し浜に見送る渡り鳥

影引いて山茶花のよく散る日かな

金蠅も飛ぶ日だまりの花八手

表裏表裏裏朴落葉

リヤカーを曳き来る巫女に時雨けり

太陽を粉々にして鴨の水尾

水音はみな鴨のものの湖平ら

一枚の紅葉漉き込み初氷

平林寺本堂閉ざす白障子

隠しやうなき風邪声を労はる

菰を巻き大王松の男振り

水涸の池を啄ばむ鳥の影

買ひ物にまた出る妻や町師走

数へ日や拭かれ通しの濡れ仏

水占

二〇一二年

六十一句

初詣長蛇の列の中にかな

輪飾をいくつも腕に辻地蔵

晴れやかな第一声や初句会

鎖樋噛んで天水桶凍る

雪晴れの航空公園鳥のこゑ

元禄の梅は緋の色観世音

龍勢の櫓抱きて山笑ふ

映るものみなさんざめく春の川

鳥引いて湖はさざ波立つばかり

春塵の野良着を叩き一日終ふ

新しき支へに芽ぐむ牡丹かな

雲の壁ありて雲雀の高からず

水車より落ち来る水や芹育つ

たましひの動きはじめし蝌蚪の紐

花の雲身延にあまた御師の宿

天辺に紅き仏塔花の山

蠅の子の翅乾かしてゐるところ

白雲の遠く浮きゐる端午かな

境内の若葉明りや虚子の像

あけぼのや声を揃へて雨蛙

さざなみに色を乗せたる燕子花

全生園の常盤木落葉積みに積む

望郷の丘を離れず梅雨の蝶

住職も作務の出で立ち草を刈る

鉾先の勢ひゆるめず今年竹

白雲やけふが梅雨明けかと思ふ

遠山に大きな虹のかかりけり

正面に東山置く夏座敷

村田はる子様　二句

羅を纏ひ背筋を張られたる

百歳の笑顔涼しき主賓かな

浮御堂千体仏の灯の涼し

泳ぐ子に飛び込み台の大き石

ひとすぢの水占ひの水澄めり

新涼や絵馬につぶらな児の手形

鈴の屋の旧居とよもす秋の蟬

蓑虫のたぐりてゐたる風の糸

一穂の芒添へたる茶屋の膳

風分けて仙石原の花芒

糸瓜忌の近し路傍の鶏頭花

さきがけは髷を結ひ上げ曼珠沙華

一段と雨に馴染みて蛍草

陸奥湾に立つ白波や雁渡し

日の射してなほ秋冷の山毛欅林

食み通す岬の馬や秋高し

秋光を背に遠ざかる寒立馬

みちのくのをちこち烟る晩稲刈

みちのくの落ちて来さうな星月夜

金風や遷座どころの仮祠

水澄むや魚影奔る五十鈴川

青石の青の清しき秋の雨

鵙晴や峡に田仕事畑仕事

鶺鴒の飛ぶ水影も波打ちて

山の端のいま白々と後の月

葭むらに鳥ごゑひそむ十三夜

日の当る菊のご紋や文化の日

憂国忌熟れていびつな榠樝の実

しぐれ雲また前山に日の差し来

捨鉢のかたむきしまま初氷

鶏の鳴く境内に日向ぼこ

閨の灯を消すやそれより霜のこゑ

極月や音なく雨の降り初むる

癌告知

二〇一三年

四十九句

うぶすなの一番太鼓年迎ふ

手ずれたる句帳机上に初昔

仏壇の鉦も鳴らして年賀客

傘ずんと重たし霰降りしきる

大寺に大音響やしづり雪

花の影雪に伸びたる牡丹かな

くれなゐを雪にうつして冬牡丹

探梅や地に幹の影吾の影

鶏の一声高き寒の明け

晴れわたる青空硬き二月かな

冴返る一打の鐘を身に纏ひ

なほ残る風の寒さや多喜二の忌

うぐひすや此処まで家の迫りたる

三月や木の切り口が水を吹く

蒲公英の花を敷き詰めぶだう畑

付き添ひを兄が務めて入学す

隣りあふ寺の鐘鳴る花の昼

物種を蒔いて立てたる棒の数

雨粒を深く蔵して牡丹の芽

荒鋤の田のいづくより昼蛙

白雲の影移りゆく若葉山

見下ろすや秩父の街の夏霞

お祭りのお化け屋敷も覗きけり

椎の花降る園丁の休憩所

一枚を植ゑをはりたる田の濁り

向き合うて蛍火ふたつ迫り上がり

青葦の水影殊にそよぎをり

見沼野の雨後や一入深みどり

鐘一打滴る山にひびきけり

雲白し空が青しとラムネ呑む

真つ直ぐに涼しき橋を渡りけり

初蟬の声止むまでを佇みぬ

新涼や床に映りし巫女の舞

弓なりの畦を重ねて曼殊沙華

樹に凭れをればつくつく法師かな

池の面の何か波立つ月明り

さくら紅葉桜の句碑に降りかかる

ふらと来て秋惜しみけり競馬場

秋色の深まる武蔵総社かな

冬紅葉二枚の石の渡月橋

冬紅葉癌告知てふ白羽の矢

癌告知小春の園に放心す

差し交す桜の枯れし神田川

杖を抱き眼鏡を拭いて日向ぼこ

艶やかな大黒柱薬喰

紙を漉く湯気の手風呂を傍らに

漉舟の日ざしも揺すり紙漉女

寄せ置きの石に番号池普請

年木樵斧音ひびく武甲かな

夏安居

二〇一四年

六十五句

癌告知受けて酒断つ去年今年

医師を信じ己を信じ去年今年

歳神のぽぽと息つぐご灯明

止めどなく涙腺うるむ初便

ひと言で小言は終ひ福寿草

絵歌留多をたちまち覚ゆ三歳児

駆け上る空の蒼さよ梯子乗

観音の御手より寒のお加持水

目と耳に色を貰ひし雪うさぎ

診察に一喜一憂春を待つ

咲いたねと妻にひと言庭の梅

倅の手握れば温し入院日

麻酔薬おぼろへ沈む手術台

春寒し術後の歩行おぼつかな

春雪のなかをはるばる見舞客

痛み止め飲んで朧の夜となりぬ

春宵や術後の傷をそつと撫で

同病を励ましあひぬ春の宵

春寒や咳の止まらぬ癌患者

空白の十日や梅の咲き満ちて

受粉する筆こまやかに梨畑

花冷えや術後の傷の多感なる

駅長の指差し確認燕来る

夕映えに光と翳のさくらかな

句碑に立つ吾らにしばし花吹雪

深見けん二先生

囀や師に蛇笏賞健吉賞

山吹のいや眩しかり術後の歩

夏安居や鳴りをひそめる平林寺

実篤の玻璃戸に映る梅雨の傘

黒南風や幕臣の墓苔生して

瀬の音の間に間に高し河鹿笛

河骨の花まぎれなき水明り

老鶯のこゑの冴す大陽寺

御廟より吹き上がりたる夏の蝶

蛇の衣梁に吹かるる札所かな

妻と子のはなし筒抜け夕端居

冷奴箸は太目の吉野杉

棒入れてわらんべごころ蟬の穴

効きさうな煙たちけり土用灸

びつしりの葉とびつしりの青柿と

庭石は佐渡の赤石沙羅の花

揺るるものみな光りけり野路の秋

駅前の花舗の混み合ふ盆の入

雨音に目覚めし二百十日かな

飽きもせず雲を見てゐる無月かな

吹き晴れて二夜の月の水鏡

鹿鳴くや夜の帷の南大門

川風に乗り高みへと秋あかね

蛍草またほつほつと雨降り来

欄干に凭れてしばし水の秋

鎌倉の五山はるかに鳥渡る

甲斐の風あつめて乾く柿すだれ

漬樽の箍締め直す冬隣

紅殻の鎌倉宮にしぐれけり

帯解や欅の下の一家族

冬青空息を大きく癌の肺

木枯しの呼び覚ましたる持病かな

湯豆腐や連れ添うてはや半世紀

散り残る銀杏に日ざし青邨忌

数へ日を静心なく床に臥す

ねんねこや長姉はときに母のごと

朔風に解け散らばる御籤かな

街師走灯しの暗き占ひ師

身を反らし撞木発止と除夜の鐘

善男善女寄せて鎮守の除夜明り

あとがき

周りから「句集はまだですか」と聞かれていたが、なかなかその気になれずにいる間に、意外な速さで日が経ってしまった。ここに来て漸くその気にはなったものの整理をするのに多くの時間を費やした。前回の句集は二〇〇八年までだったので、今回は二〇〇九年から一四年までの句を纏め句集とした。

振り返ると、この時期は俳誌「天為」「花鳥来」「都庁俳句」の会員として句会や吟行、超結社の「一会俳句会」や「花鳥来」の小句会「望の会」の吟行俳句会に参加していた。「花鳥来」が終刊になった後も「望の会」は続き、会の由来の十五夜・十三夜の月見は欠かさず、現在も続いている。そうした中での句集であるので、ほぼ九割は吟行句である。

この間の思い出深いものに二〇〇九年に「花鳥来」主宰深見けん二先生の句碑建立がある。金乗院（山口観音）の総代であった故小井沢芹水氏の奥様の助力を得て、金乗院境内の山口青邨句碑の隣にけん二先生の句碑建立のお許しを得たこと。「花鳥来俳句会」として仲間と共に句碑除幕の出来たことは、大きな喜びである。また、仲間と何度も吟行の旅をし、有馬朗人・深見けん二師の許で俳句を続けられたことは、二人の師を失った今はなお更、この上のない幸せな時期であったと思える。その幸せの時期の二〇一三年暮れ、私が肺がんを患い、一九九三年四月より二十年間続いた「一会俳句会」は終了となった。生死の境を彷徨い、もうこれまでかと思うこともあったが、その都度、多くの方の助力と幸運を得て不十分な体力ながら何とか今に至っている。

　二〇一二年に結社誌「雨蛙」を仲間と共に立ち上げ、会員の方々のご協力で十二年目を迎えた。

　句集名は同年に詠んだ〈あけぼのや声を揃へて雨蛙〉から。

令和五年十月

鈴木すぐる

著者略歴

鈴木すぐる（すずき・すぐる）本名　賢（すぐる）

1937年　栃木県に生まれる
1955年　「欅」（池内たけし主宰）にて俳句を始める
　　　　「花鳥来」「初桜」「都庁俳句」「天為」同人
2012年　俳誌「雨蛙」創刊　主宰

所沢市俳句連盟顧問　「文芸所沢」俳句選者
ＮＨＫ学園元俳句講師
俳人協会評議員

現住所　〒359-1143　埼玉県所沢市宮本町1-7-17

句集　雨蛙　あまがえる
二〇二四年一月二八日　初版発行
著　者――鈴木すぐる
発行人――山岡喜美子
発行所――ふらんす堂
〒182-0002 東京都調布市仙川町一―一五―三八―二F
電　話――〇三（三三二六）九〇六一　FAX〇三（三三二六）六九一九
ホームページ http://furansudo.com/　E-mail info@furansudo.com
振　替――〇〇一七〇―一―一八四一七三
装　幀――君嶋真理子
印刷所――三修紙工㈱
製本所――三修紙工㈱
定　価――本体二六〇〇円＋税
ISBN978-4-7814-1629-8 C0092 ￥2600E